おさと帰り

藤本かずみ詩集

詩集　おさと帰り＊目次

I

おさと帰り 8
くつした止め 11
戸籍抄本 14
初菊 17
飛脚 20
おばあさんの蔵書棚 22
紙づつみ 25
日本地理 28
重すぎる疎開児童 31
髪飾り 34
赤いコート 37
藁草履 40
瓜蠅 43

II

「ゆき」 48
赤ん坊 52
ピアノ 55
薬莢《やっきょう》 58
不発弾 62
かくれんぼ 66
隣のお兄ちゃん 69
ゲートル 72
稲刈鎌 74
旅立ち 77
兎 80
かげりの色 82
軍隊の移動 84
進軍歌 88

Ⅲ

八月十五日　94
宝舟　97
始まった戦後　100
転校第一日　103
お召列車　106
海軍カレー　109
駅伝　112
ひなどり　115
服装計画　118
孫一同　121
中原道夫　詩集『おさと帰り』を読む　124
あとがき　128

詩集　おさと帰り

I

おさと帰り

もういっぺん　生まれたうちを見たい
そんな曽祖母の思いをかなえる旅に
六つのわたしもお供に加えられた

在所は三つ先の駅から奥深く入ったところ
村近くの難所には
村持ちだというお駕籠が迎えに来てくれた
満足そうな曽祖母に先立って
一番乗りをしようとかけ出した

そんなわたしを出迎えてくれたのは
おばあさん
いや、おばあさんそっくりの　おばあさんの妹だった
この村に嫁ぎ住み暮らしてきた人
いちばん会いたかったのはこの人なんだと思った

お宿はその家にきまる
大はしゃぎのおとなからはぐれた　わたしのお守《も》りは
二つ上のお兄ちゃん
いじいじしているわたしに　だれかが
「本をあてがえばいい」とでもいったらしい
何冊もの本を出してきてくれた

男の子の本　見たことないものばかり

中でとびついたのはマンガ「フクちゃん」だ
新聞では一話しか見られないのが
この中にはいっぱいいいっぱい入っている
「ぜーんぶ見ていいの？」

初めて泊まる曽祖母のおさと
わたしは存分に夜ふかしをした

くつした止め

汽車がトンネルにさしかかると
「ここにお母ちゃんが眠っているのだよ」と
祖父は手を合わせる
わたしもまねをする

母はわたしが二つのときから
結核療養所に入り
そのままそこを出ることはなかった

一度だけ母に会わせてもらったことがある

それは母と二人　ベッドにすわっている写真が
残っているからで
そのことの記憶はない

ただ、海近い療養所への道を通ったことは覚えている
両方の祖母とだれか男の人といっしょだった

その日の帰り道
だれかに背負われていたわたしは
くつした止めを片方なくしてしまった
それはおしゃれな　うすむらさきに模様の入った
小さな止め具のついた薄手のゴムバンド
よそいきの長靴下のときだけ
つけてもらえるものだ

落としたかとさがしてもらったが
見つけることはできなかった

それがもうもどってこないと知ったとき
初めて味わうような思いが
胸いっぱいになってきた
この思いはなんなのだろう

だれかの背にじっとしがみついたまま
その思いにひたっていたわたし

母の死を知らされるのは
そのあとのことである

戸籍抄本

叔父*の葬儀を終えた夜の帰りぎわ
いとこが一通の薄い封筒を手渡してくれた
「あなたが持っている方がいいと思うから」
きけば仏壇の小引出の中
大分前に亡くなった
祖母の持ち物から見つけたという

中にあったのは一枚の戸籍簿の写し
記された名はわたしの母　祖母の長女だ
日付の中に昭和十年がある

わたしが生まれる前の年だ

この年　母は女学校を卒業するとそのまま
待ちかねていた父と結ばれた

翌年　わたしが生まれたが
親子三人の暮らしはながくはなかった
母は結核を発病し
自分の手で子を育てられなくなったのだ

わたしには母とふれた記憶が残っていない
すぐさま療養所に入ってしまった母と会ったのは
写真一枚の中にある二人の姿だけだ
ベッドの上にすわる母と

少しはなれて足を投げ出しているわたし
まだ三歳にはなっていなかっただろう

母はそのまま療養所を出ることがなかった
それをこの一枚の薄葉は
事実として突きつけてくる
祖母がどのような思いで
この戸籍簿の写しを秘めていたか

生前の母を知る叔父も逝ったいま
祖母を　そして母を
わたしは受けとめなくてはならない
知っているのはもうわたしだけなのだから

＊　叔父＝母の弟

初菊

客の多いうちだったが
曽祖母を訪ねる客人は珍しい
その人は生まれ育った時からのなじみ
会うのは何十年ぶりとか

座敷へは通らずに茶の間のいろりばたに陣取った
心得た祖母はめいめいのお盆に
湯呑一つと白砂糖をこんもりかけた赤い梅漬けをそえた
湯呑は冷酒
おばあさん二人　話をしてはころころと笑っている

側にいていいと言われたので
わたしはお手伝いのふりをして　控えた

「おいたわしや　十次郎さま　だっけよ」と
いきなり本調子のせりふ
「おめさまが初菊でよ」
「おめさまこそ」と
客人はつっと立ち上がると
手早にたすきがけ
片膝立ちにみごとな投げの大見得を切った
思わず拍手と思ったが祖母に目で止められた

二杯めを勧める湯呑を手でおさえ
梅漬けを砂糖ごとぽいと口に入れた

そしてあっさりと別れを告げて
迎えの人と出て行った

七十年前の「初菊」はいま新改築の歌舞伎座
座頭の光秀以下の顔ぶれは早く知らせられたのに
初菊は未定のまま
もしかしてと　まさか　の噂がささやかれる
初日も近く
やっと知らされたのは抜擢の若手
まさかが勝った

初々しい初菊　やや丸顔の
それにふっとおばあさんの面差しが重なった

飛脚

村に来る見知らぬ二人連れの男
不吉のかげをしょっている

「飛脚」とか「ひと」と呼ばれる二人
電報などにはまかせられない
親しい人の死を告げに来る役目だ

我が家に来た飛脚は
祖父のいとこの自死を告げに来たのだ

村の紛争をしずめるため
自ら橋の上から投身したという
「身はたとえ」ではじまる辞世一首たずさえて
いま地元ではその死を惜しむ人々が
紛争をしずめ　霊をなぐさめているという

祖母の後ろにかしこまってその話をきいた
「飛脚受け」のたった一度の記憶
まだ幼かったわたしには
死は重いものだった

おばあさんの蔵書棚

子供のころ
うちでおばあさんというのは曽祖母
祖母はおばあちゃんだった

おばあさんは八十近かったが
しゃんとしていて
いつも何かを読んでいた
日々の新聞はおろか
わたしが友達から借りてきた本も
先に読んでしまうほどだった

二階の居間にはガラス張りの本箱が二つ
おばあさんの蔵書棚だ
中での圧巻は二組の講談全集だ
わたしはそれが読みたくてならない
「だめ」ととめられていたが
おばあさんはひそかに許してくれた
来客のあった夜など
二階にいていいときは
むさぼるように楽しんだものだ

あるとき何の気なしに
「どれがいちばんおもしろいの」と聞いてみた
「モンテクリスト伯さ」

即答されてたじろいだ
それは全集中唯一カタカナの題名
しかも上下が二巻にわたるものだと
背表紙で知っていた
主人公が伴多門《ばんたもん》と日本名になってはいたが
まぎれもないデュマの「巌窟王」の物語だ

この異国の物語を
おばあさんはどう受けとめていたのか
聞くこともできないまま
昭和二十年三月十日、曽祖母は旅立った
八十一になっていた

紙づつみ

足もとの板の間がぽとぽとと濡れていくのを
ふしぎなことのように見ていた
幼稚園の朝の会

並んで教室にすすみながら
自分の異変のあとをながめた

帰りに先生から新聞紙づつみを渡された
中身はわかっている
だがこのまま持って帰るわけにはいかない

朝のしくじりは誰にも知られてはならない

この仰々しく紙に包んだのがまずい
パンツだけならなんとでも言い抜けられる
捨てよう

家の近くの寺の生垣にしゃがみこんだ
いけない
マンガがついている
読まずにいられない

——あら、こんなとこでも勉強しているんだ
えらいねえ——
セーラー服が見えた

うちの前の学校の生徒だ
のろのろと立ち上がって
もう一度紙づつみをこしらえた

日本地理

五年生になった
いくつか教科書がもらえた

国語はわら半紙のような紙に印刷
二つ折りにして重ねて金具で押さえ込む
ボール紙でくるむようにして表紙にする
本とはみえないが　中の文章はおもしろい
すぐに全部読んでしまった

地図帳をもらう

五年では日本地理を学ぶ
縦長の大判に色刷り
背を布テープでとじてある
初めに全国都道府県を書き出す宿題がでた
丁寧に地図から拾って書いたが一つ足りない

翌朝登校すると
「ミヤギケン　ミヤギケン」
とささやきあっている
見落としたのかとあわてて書き足した

新任の男先生は
地理らしい授業はほとんどやらず
近隣の地元農産業の調査などをやらせた

後年　出版社の友人に会った時
「五年生の地図帳にミヤギケンがなかったよ」というと
即座に
「きゅうじょうと読めるからさ」
と答えた

そうか　そんなところにも規制がはたらいたのか
ひれ伏して　みずから規制し無きものにする
数えればいくつあったのか
そんな「とき」を生きてきた　いま

わたしを地理オンチにしやがって
七十年の昔の事実に開き直ってみた

重すぎる疎開児童

「この度　朝鮮李鍵公家のお子さま方が
本校で学ばれることになりました」

朝礼の校長先生の訓示　ちょっとざわつく
「兄君は四年生　妹さまは二年生
各組の教室に入られる
特別あつかいはしないでよいが
不敬のないように」と
言葉をえらぶようにしての指示

ここは東京から百キロ近く
まだ空襲は受けていない盆地
師範学校附属国民学校は
王族の疎開先としては恰好の地だ

お二人を迎える日がきた
兄君は学習院の制服制帽
ちょっと大きすぎるようで脚の細さが目立つ
妹君は日本名をハル子さまといい
長い髪を肩までたらしているのは目立つが
地味なふつうの洋服姿だ
どんなお姫さまが見えるのかと思っていたが
期待は裏切られてしまった
兄君は壇上に登り全校生徒のあいさつを

挙手でうけられた
訓示で挙手では首を傾げられるとあったが
気にはならなかった
その夜　わたしの報告に
「鍵公さんは長男を手元に残して
次男と娘を送ってきたのだ」と祖父がいう
兄君はほんとは弟君なのか
あしたからの二人が気にかかる

髪飾り

防空壕のせいで狭くなった校庭
それでも昼休みにはにぎやかだ

鉄棒のそばで長縄跳びが始まった
二年女子組
おかっぱにモンペばかりのなかに
ひとり明るい色のふんわりした上衣がいる
「ひめ」とあだ名している朝鮮の公女
縄をとんだあと走ってどこかにタッチする
鉄棒の高いところまでかける

あっ！　まわりから声が上がった
「ひめ」がとびそこねたのだ

そのとき何かがポーンと飛んできた
気づいたあしもとに見慣れないうつくしいもの
髪飾りだ
薄い貝殻をとりどりの色で染め
花びらのように重ね合わせた貝細工
拾い上げながら気づくと
目の前に長い髪　ピンだけ残っている

「ひめ」自分で取りに来たのだ
ふっとほこりを吹いてさしだす
両手でつつむようにして受け取る

こわれなくてよかったね
ちょっとだけほほを緩めると
そのまま群れの中へ戻っていってしまった
母君の里とはいえ
今は身一つでこの地にいなくてはならないのだ
上級生にさえほころびを見せまいとしている「ひめ」

午後の始まりの鐘が響くなか
小走りの後ろ姿に見入ってしまった

赤いコート

国民学校からきた耳よりなお知らせ
「いま当校には母上の国に疎開してきた
朝鮮李鍵公家の兄妹が　学習している
その妹君がお手持ちの衣服を級友たちに下さるというのだ」

二年生だが背が高く三年生のわたしと同じぐらい
いつも明るい服で目立っている
この時節　女の子の服なんて一枚だって買えやしない
いや売っていないのだ
祖母も乗り気で参加を申しこんだ

その日　待ちかねたわたしの前にひろげられたのは
クリーム色のすべすべした生地のブラウス
胸にあざやかなぬいとりが散る
お姫さま好みのおしゃれなよそいき着だ
いつ　どこに着ていけるかな

会はけっこうにぎやかで
それぞれに行き渡るほどあったそうだ
「朝鮮って寒いのかねえ　冬物もあったの
中に赤いオーバーがあってね　くじであてた人がいるんだよ」
祖母が心底うらやむ口調になっていた
あたらなかったんだ　でもちゃんとくじ引いたんだね
わたしのオーバーはいとこのおさがり　限界だもんね

「これ　今度の正月のお式に着れるかもね」
気を引き立てようとしたがその四方拝*もなくなった
ブラウスがタンスから出ることもなかった

あれから七十年
いつかわたしも長生きした祖母の歳だ
喜寿を機会に海外旅行も実現　見届けたいものだってある
今年杉原千畝に会いたいとツアーをきめた
同行する娘がダウンコートを買ってくれた
雪の中でも目立つようにと
それはあざやかな　赤い色だった

＊　四方拝＝元旦に行われる宮中の行事で、天皇が四方の神に天下太平や五穀豊穣を祈る儀式

藁草履

土間で中姉が藁草履づくり
「やらせて」とねだる
竹の皮を細くさいて四本の細い縄の間を編む
片足分出来たとおもったとき
だめ　しめたら半分よといわれる
いいや、あとあしたね
外の遊びの声につられてしまった

遊びあきて帰ると
上がりはなになにかある

赤い鼻緒のすげられた竹皮の草履一足
「ありがと　ねえちゃん」
「おんじい*1だよ
半端仕事なら教えるなっておこられちゃった」

赤い鼻緒の草履　両手にはめて畑にいそいだ
「鼻緒はわたしだからね」姉ちゃんの声を背中に聞いて

畑でおんじいは掘った芋をまとめていた
「おおい」
両手を挙げて呼ぶ
あ・り・が・と　と振った
そばに行って小さいざるに芋を拾い入れる
上に草履を置いて持ってみる

「よもい[*2]ぞ　持てるか」
「うん、あしたこれ学校にもってくね
自分でこさえたっていっていいよね」
髯の中のおんじいが初めて笑った
どうせすぐにばれるけどね　と

＊1　おんじい＝同居する祖父の義兄
＊2　よもい＝重いの訛り

瓜蠅

国民学校三年女子組
いつもと違うさざ波が立っている
時ならぬ父兄参観が一人あるからだ
だれなの？　とちらちらする視線
そこに国民服を着た
長身の父の姿がある

祖父母と暮らす私の学校
父が来たのは初めてのこと
会うのも久しぶりだった

課題は「昨日のお手伝い」
つぎつぎと手が挙がる
おつかい　掃除　下の子の世話
できなかったことばかり
わたしはうつむいて考え込んだ
きのう一日のこと何か見つけなくては

そうだ　あった
裏庭につくった祖父の胡瓜畑
手を挙げた
「胡瓜の瓜蠅をとりました！」
わたしは堂々と振り返って父の顔を見た

その夜
父が応召入営の報告にきたことを知る

Ⅱ

「ゆき」

いつかやられる　きっとくる　目ぼしいまちは残り少ない
昭和二十年七月に入っていた

そのときはきた　昨夜だ　激しいじゅうたん爆撃のあと
一夜が明けようとしていた
奇跡的に難を逃れた庭の一角に大きな鉄板がささっていた
あたれば勿論即死だろうが……
前の道を夜中練兵場目がけて避難した人々が
逆方向へゾロゾロと進んでいる

ランドセルをかかえて家に入ると　ポツンとなにかがいる
ネコだ　だれかが抱いて逃げたのだろう
抱ききれなくなったのか
自分でとび出したのか
ちょっと呼ぶと　すぐにひざに乗ってきた
かわいい　うちの子だよ
童話の主人公の名の「小雪《こゆき》」とつけたけれど
だれも「小」をつけずに呼んだ

ある日学校から帰ると
「ゆき」がさらわれそうだったという
男の子が「なんとかだ」と呼んで入ってきた
うまく追い払ったがと
――なんとかって　なんていったの

――ききとれなかったなあ

夕立の後がひどい吹き降りになった
今夜は雨戸もいるかしら
縁の障子をしめにかかった
突然「小雪」が一マスの破れ目をめがけて突進
そのまま出ようと　もがきにもがいたあげく
むりやりとび出してしまった
マス目いっぱいのお尻としっぽが目に残った
――思い出しちまったのかねえ　と祖母

だがネコをたずねるどころではない　荒々しい日々が来た
日本の戦いはますます続いていた

あれから長い年月　うちのネコも何代目かになる
名はいつも「ゆき」
毛色はおかまいなしに

赤ん坊

街は焼かれた

まだ焼けあとのにおいが残る日々
わたしの学校も焼けてしまった
いくところがない
祖母はきびしい表情をくずさない
「学校があると思って勉強しな」

生返事のまま机に向かっていると
玄関に声　出てみると

赤ん坊をおぶった見知らぬ女の人
「これ」といって差し出したもの
見覚えのあるわたしの普段着
もしかして……

あの爆撃のさなか
前の道を走って逃げて行く人たち
突然、中の一人が駆け込んできた
「助けてください！」
抱いた赤ん坊が　すっぱだか
祖母が首の手ぬぐいをはずし
持ち出し袋をさがす
わたしは二人が赤ん坊をつつむのを
はらはらしながら見ていた

――うちはだいじょうぶだったの？
　男の子？　何か月？
二人の話をききながら
きれいに洗ってある祖母手づくりの上衣
抱きしめると赤ん坊のにおいがした

ピアノ

学校が焼けてしまった
明日は七夕という夜
街は空からおそいかかるものにやかれたのだ

学校のようすを見に行けたのは
かなりの日がたってからだった

担任の先生の登校日
まだほとんど手をつけてない焼け跡
近づくと特有の焦げたにおい

だいぶ薄れてはいたが
ここが音楽室だ
確かはずれの方ではあったがここだったのか

がれきの中に規則的にならぶ平たいもの
金属板だ
ピアノだ　鍵盤だ
指導よりも思いをぶつけるように
熱のこもった演奏をしてくれた先生のピアノ

拾い上げる
灰を払う
輝きはないが確かな手触りを　そっとなでて元に戻す

見渡せば見えていたはずのものが消えている
遠く見えなかったものが見えてくる
ピアノを弾く先生の姿も見えてくる

薬莢《やっきょう》*

その日空は晴れていた
四年生の夏休みももうすぐだ
聞きなれない音に気づいた
高いところの飛行機だ
Ｂ29とは違う軽い音
サイレンも鳴らない　味方かも

けれど突然それは起こった
鋭い急降下音
黒いかげ

前の道に砂煙
バババババババッ　機銃掃射だ
「押入れ！」台所から祖母の声
すべり込んで伏せの姿勢　目と耳を守る

数瞬で上昇していく
飛行音はなお続く
引き返して来はしないか
じっとうずくまって息をころす
あたりは異様にしずまりかえって物音も人声もしない

沈黙を破ったのはサイレン
断続する吹鳴
はじまるのか　おわったのか

近くでだれかがどなる　防空団長さんだ
そこへ行こう　とても一人でなんかいられない
軒づたいにたどりつくと
土間に見なれぬおじいさんがへたりこんでいる
「おれが道から引きずり込んだのよ」
団長さんの顔も引きつっている
そうかよかった
やっと深く息を吸い込んだ

「熱チッ」団長さんが外で拾ってきた金属棒
銅色で手に余る長さ　ヤッキョウだ
「さわってみるか」
手は出せなかったがまじまじと見た

このまがまがしいものを心にとめた
夕方　憲兵が視察に来た
団長さんのヤッキョウはとりあげられた
市内では二人が　一人は女学生
夏の制服の白が命取りになったと

＊　薬莢＝火薬をつめる容器

不発弾

あしたお砂糖と鮭缶が特配になるんだって
楽しんで寝たその夜
異様な轟音にたたき起こされた
爆音　敵機　空襲だ
サイレンなんか鳴りもしなかったのに
縁側に出て見ると盆地を囲む山々が
すでにまっ赤に燃えている
じゅうたん爆撃でやられてしまうのだ

とにかく出よう　裏の畑までても
手にさわる枕元のものをかかえて
とび出した

うちの前の通りを走る人がどんどん多くなる
練兵場に逃げるのだ
シュルシュル　シュルシュル
耳もとをかすめるように
続けざまに落とされる　いくらでも

これが戦争だ　これが　と祖母が口に出す
そうだ　そのとおりなのだ

何もできないまま　じっとたえていた
時折　きこえていた人声もとだえた
やがて空が明るんでくると
異様なしずけさが辺りを包んでいた

何人かが道に出て来た
――天井突き抜けて八本も落ちたんだよ
　八本も　とんだ特配だよ
隣のおばさんの声
笑う者はいなかった
不発弾だったのか
みんなひきつった顔で　生きていることを
確かめあっていた

この一角の何軒かは焼け残っていた
うちの庭のヒマ畑*の上に大きな鉄板が突き刺さっていた
六角形を示すあとがあった

* ヒマ畑＝ヒマシ油の生産のため軍需用に栽培していた

かくれんぼ

白昼の機銃掃射
路上二本の弾痕は
親をふるえあがらせ
子らは遊び場を奪われた

鉄則
やねの下で遊ぶこと
当然どこかの家の中に入って遊ぶことになる

大将は五年生の男子

四、五人くっついてだれかの家に上がりこんだ
みそっかすのわたしには知らないうちだ

かくれ鬼するぞ
チビ、はやくかくれな
いそいで奥の方へ走りこんだ
戸がしまった部屋
だれもいないと思って入ってみた
と、足許に赤ん坊が寝かされている
ぺたりとすわりこんでしげしげと見た

ちっちゃい　なんてちっちゃいんだ
それに口をもぐもぐしている
うまれたばっかりなんだ

わたしは小指をしめすと
その口もとにさしつけた

吸われる　思いがけないつよさで
チュクチュク　チュクチュク

指を引いてもくちびるがさがしている
でももうだめよ
幼いものをいとおしいと思う気持ち
初めてなんだから

わたしは赤ん坊と二人で
そっとかくれたままでいた

隣のお兄ちゃん

ランドセルの上から防空頭巾のひもをかける
「いってきまあす！」
大きな声は隣にも聞こえるように

軒つづきの二階に住むお兄ちゃん
先生になる勉強中の学生だ
近所の子みんなと仲よし
だけどわたしはとくべつ　だってお隣だもん

その朝久しぶりで二階の窓があいた

「帰ったら遊びにおいで」
その日は何やってもうまくいった
午後　ほくほくしながら隣に行く
先客は一級上の男の子だ
「今日は二人がお客さんだよ」
二枚並べたざぶとんに
かしこまってすわり　目をつぶる
「どうぞ」

見開いた目の前に
小皿にのせたごまたっぷりのおはぎ
「たべていいの？」
かすかな笑みが静かにうなずき

わたしたち二人の顔をじっと見た
夜　隣はにぎやかだった
学生仲間なのか若い人の声々
やがて歌になった
　さくら咲いた咲いた
　　ステテコシャンシャン
際限なくくり返されるのを耳にしながら
わたしはいつか寝入った

その日以来二階の窓が開くことは絶えた
日ならずして「出征兵士の家」の表札が
隣の玄関に掲げられた

ゲートル

祖父は毎朝ゲートルまきに苦労する
前で三角に折り返すのがうまく揃わない

あるとき祖母が汚れたと洗ってしまった
取りこんで巻こうとしたがガバガバ
かたくなってとても手に負えない
しかたなくもう一度ぬらして柔らかくした
はしからそろそろと巻いて
なんとか俵型にした

翌朝、祖父は生乾きのゲートルを巻いて
「いつもよりうまく巻けたぞ」と笑った

カタカナ語はなんでも漢字語にしていたとき
なぜかゲートルはそのまま使われていた
七十年もたったいま
ふと繰った辞書の中にその日本語はいた
まききゃはん——捲脚絆　だった

稲刈鎌

綴り方の宿題を来合わせたいとこがのぞきこんだ
「すすきのほとり」だって
風流な三年生だねえ　とからかう
祖母が吹き出して
辺りじゃなくて穂取りにいったんだってと笑う
まだ「ほ」の漢字習ってないもん笑わないで
「河原でほけだしたすすきの穂を集めたんだって
軍に献上してワタの代わりにするそうだ」
いとこが表情をくもらせた

さ、食べよう　今夜祖父は当直で帰らない
「校長先生も当直するの」
「男の先生がいなくなっちゃったからねえ」
師範学校の寮に入っているいとこは
今日は泊まらずに帰るという
あしたから勤労動員　祖母に小声で告げていった

何日もたたないうちに
そのいとこは左腕を肩から白布で吊ってあらわれた
その痛々しさに祖母は早くも涙ぐむ
「稲刈りに出て　自分でやってしまった」という
稲刈鎌は細身でノコギリのような刃つき
稲たばをにぎった手を自傷したのだ
「すぐ休みをもらってうちに来な」

あいまいに頷いたいとこはあがりもせずに出て行った
「なんでまた　稲刈りなんかで」
祖母の口調は強かった
なにか言おうとしてわたしはふみとどまった
いま祖母のなかに言ってはならないなにかが
渦巻いているのだ

わたしは突っ立っている祖母の割烹着につかまって
じっと立っていた

旅立ち

なんとなく異変を感じて目がさめた
居間にこうこうと電灯がともり
祖母が髪をとかしている
まだ明けてはいない

祖父が数日前から曽祖母の見舞に帰郷して以来
ずっと家中がはりつめていたのだ
とうとう――

祖母と二人　駅に急ぐ

窓口で「キトク」の電報を見せて頼みこむ
やっと乗れた汽車で一時間あまり
あとはひたすら歩くだけ

日も高くなったころ村についた
出て来た若者が私たちを見つけると
しずかに首を横に振った
祖母は大きなため息をつき
わたしの手をぎゅっとにぎりしめた

くぐり戸から奥に通ると
すでに祖父を筆頭に何人かがつめている
枕許のすいのみに自分が届けたぶどう酒の赤が

残っているのを見て　祖母はとり乱した

大戸が引き開けられ
長寿を送るしきたりに村が動き始めた
人の出入りが少なくなったころ
一通のハガキが戻ってきた
祖父が東京の姪にあてたものだ
「名宛人　居所不明　返送」のスタンプ
訃のしらせのあと
「ゆうべの敵機の動き　心配だ　無事か」

ひいおばあさんが旅立ったのは
昭和二十年三月十日である

兎

くらい土間で突然　ききっというかんだかい鳴き声
「うさぎだ　やられたぞっ」
大きな音をたてて猫が逃げていくのがみえた
うさぎが声をだした　鳴いたのだ　初めて聞いた声だった
白い毛がちらばっている
柵にくっついていてひっかかれたのか

学校で話すと　ひとかきでもうさぎはだめになる
猫の爪の毒で死んでしまうのだ　ときかされた

夕飯に小皿に取り分けられたおかずがある
めったにないこと、ごちそうなんだなとみる
煮物にそえて二切れ　黄色いお肉
美味しそう　やわらかくて　いい味

「食べたね」と祖母
あ　と思ったが言わなかった
友達の話は本当だったのだ

かげりの色

日暮れ近く　校門の前に一台の自転車
ハンドルにもたれて誰かがいる
通りすぎよう
そのとき鋭い語気がおそってきた
「山本五十六が死んだ　知ってるか」
え、なんなの　なんでわたしにきくの
見れば高等科の上級生
ふだん話すこともないのに
「知らない」と答えることを許さない
つきつめた表情

事の重大さをわたしなりにわかろうとした

「戦死したんだ――」
自分に言い聞かせるような声音になる
遠いところを見るような目になった
いま　これまで少年を支えてきたものが
音を立ててくずれ落ちているのではないか

やがて人通りのない道を
のろのろと自転車を押して行く
その少年の背にまとわりつくかげりの色
それが持つ何なのかを知るには
わたしはまだ幼すぎたのだ

軍隊の移動

「へーたいさんが　呼んでるよ――」
通りに近所の子にかこまれて
軍帽に白いシャツ姿の兵隊さんがいる
だれ？

とび出したのをうけとめて
「元気だったか　かずみ！」
声にききおぼえが……
「ツカハラセンセイ？」

白シャツに学生服が重なった
去年の二学期に師範から教生*で実習にきた一人
いつ打ち切るかわからないといわれながら
教える人の熱意が生徒にも伝わった
そして
いつになく熱い日をすごしたのだった
「兵隊さんになったの?」

焼け残った国民学校は
講堂に軍隊が、教室のいくつかには
焼け出された市民が　それぞれ入っていた
「ついてっていいの?」
そのままゾロゾロと校内に入っていく
すれちがう兵士が先生に挙手をしていく

講堂はこれまでのおごそかな式場が
まるで様がわりしている
隣接して巨大な天幕がしつらえてある
中をのぞくと厨房になっていた
向かい側の空き地には山のような残がいがある
見ようとすると
「だめだ！　待て！　不発弾があるぞ！」

不発弾――
きのうリヤカーで大ケガした子が運ばれた
血だらけの子を追って泣き叫ぶ母親らしい人
そうだ　ここはもう学校ではないのだ

男の子がした敬礼にピシッと応えてくれた先生

もう兵隊さんにもどっていた
そして
だまってわたしの頭に手をおいてくれた
そのまま　先生のあたたかさをうけとめた

あくる日　そっとのぞいたとき
講堂のカギはしまり
大きな天幕も消えていた
軍隊の移動はすばやかった
昭和二十年七月が終わろうとしていた

＊ 教生＝師範学校の教育実習生

進軍歌

お城近くの写真館は同級生のうち
正面ガラスの中に飾られた大判の写真
肩を組む女の子二人　一人はわたし
満面の笑みだ
きりりとしめた鉢巻に「米英撃滅」の文字
たたかう少国民そのもの

この写真は学校行事のときのもの
全校の分列行進のときだ
学級ごとに隊列を組みグランドをまわる

正面朝礼台にいる隊長[*1]に謁見するのだ
四角をきれいにつくるため角のところで
中側は足ぶみをする
朝礼台に近づくと

――歩調とれー
号令がかかる

思い切り腕をふり　ももをあげる
――かしらぁ　右!
きりっと首をまわして注目する
長靴と剣の先がちらりと見えた

――なおれー

のかかるまでの緊張感
なぜか気に入っていた
真剣にやれるだけやったと思った

そのまま近くの神社[*2]まで
軍隊行進さながらに歌って進んで行った
七五調の詞句を前後に分かれて繰り返す
四年生は歌うことはしなかったが
上級生の声を聞きつつ進んだ

　五十鈴の川の神域に
　敵投弾の暴挙見る

などだ　いまも歌うことができる

昭和二十年の夏近く
ただ前だけを見ていたわたしたちだった

＊1　隊長＝教練の教官
＊2　神社＝武田神社

Ⅲ

八月十五日

その日は隣組みんなで防空壕を掘る予定だった
前の道の端のところに位置をきめる
人通りもある石道
スコップなどは受けつけない乾いたところ
集まってきたのは子供たちばかり
歯の立たない作業には大人も音をあげた
それに正十二時には重大放送があるとか
いつもたんすの上にあるラジオが

床の間にすえられている

やがて君が代
聞きなれない重々しいしゃがれ声
天皇陛下だそうだ
きいている祖父のひざがふるえだした
終わった
「どういうこと」と祖母
「無条件降伏だ」

祖父はすっと立ち上がるといつもの身支度
自分のあずかる学校へ行かねばと言う

もとの場所にラジオをもどす

もう軍艦マーチも　東部軍管区情報もしゃべらない
ただの木の箱だ
もう　遊んでもいいんだよね
外でだれかがわたしを呼んでいる

宝舟

背戸で柿の木を伐っていたじいちゃんが
「たからぶねだ、宝舟が出たぞ」
と叫びながらとびこんできた
見ると輪切りにした幹のまん中に
ほかけ舟のような黒い影がうかんでいる
　これはシベリアから父ちゃんが
　乗って来る船だぞ

シベリアに抑留された父からは一度
無事　生きていることを知らせるはがきが

届いていたが
連絡はそれだけだった

宝舟は神棚にあげて拝んだ

その祈りが間遠になってしまったある日
「一五ヒ　マイ　タツ」の電報が来た
「マイ」がニュースできく
「マイヅル」というところだとわかった
お父ちゃんが還ってきたのだ
それももう日本にいるんだ
マイヅルというところまで

宝舟のしらせは

わたしたちに元気をくれた
待つつらさを軽くしてくれた
そしてこの日　わたしの戦争は終わった

始まった戦後

敗戦から二か月余り
祖父の決断で田舎の生家に帰ることになった

その最後の日
焼け跡の残る道を通り抜けて
三人で汽車に乗った
手まわりのものをまとめた荷物
なんとかデッキに陣取れた
祖母の荷物がばかにかさばっている
木綿の大風呂敷の中身

ふだん使いの釜に洗い米を入れている
火があればいつでもおまんまになる
祖母の覚悟は生半可なものでないのだ

迎えてくれたいとこたちのほかに
同い年くらいのやせぎすの女の子
横浜の伯父の義妹一家　母子五人
疎開してきたまま二階に住んでいるのだ

この一つ屋根の下に
三つ目のかまどをしつらえることになる
それがわたしたちだ

奥の客間三つがわたしたちの家と知ったとき

生まれて初めて
あしたという日のことを思った
土間の目の前のうまやに
農耕馬にもどった必勝号
独り戦後の草を食っている
わたしの戦後が始まったばかりだというのに

転校第一日

昭和二十年十一月
わたしは小さな山間の分校にいた

四年組の木札のかかった教室
のぞいたとたん　足がすくんだ
男の子がいる　何人も
突っ立っているのを見つけると
「ソカイ　ソカイ」とからかってくる
ちがうよ　もう戦争は終わったじゃないか

隣の教室の女先生が
かわいそうじゃない　といって
いちばん後ろの席につけてくれた

ガラン　ガラン
小使い*のおじさんが鈴を振る
朝学習のはじまりだ

席についたとたん
「ちんおもうに――」と始まった
まだやっているのか　教育勅語の暗誦
ほかの教室からは
「ニニンシ　ニサンロク～」
なんで「ガ」を入れないのか

まもなく朝礼　長廊下に全員整列
呼び出され　全校生徒の前で紹介された
やっと教室に着く
男女別に二人ずつの机
おとなりはそれとわかる「ソカイ組」
「あんた　できるんだね
全校生に紹介されたもんね
わたしもそうしてもらったけどさ」
「よろしく」ではない　完全にライバル視だ
できる限りの笑顔で頷いてやった

＊　小使い＝用務員の旧称、校舎内に居住している

お召列車

その日私たちの町は　いつにない緊張感に包まれていた
終戦後の日本各地を陛下が巡幸される
天皇陛下がこの町にきてくださる
通過ではなく　列車をおりて歩かれるという

わたしら小学生は全員が駅頭で最初にお出迎えする役
本校と二つの分校生徒が勢ぞろいするのだ
朝早くからかなりの道のりを歩いた
そしてたくさんの人
だれもが興奮してさわがしい

やがて定めのとき
隣駅を通過する汽笛のあと
列車がちかづく
一瞬すべての音が消えた

次に気づいたら押しのけられていちばん後ろ
おとなの背中ばかりだ
それでも伸び上がってみた

アッと思ったとき
だれかの腕が脇の下に入ってきた
そのまま高い高いをするように持ち上げられた

見える?

うん
見えた？
うん
必死でもちあげてくれている
顔も知らない本校の上級生

人のどよめきがすぎていく
たかぶったまま小学生二人
立ちつくしたままうなずきあったのだ

昭和二十二年十月十五日のことである

海軍カレー

定期健診のあとは靖國神社に
今日は雨
記念館前の軍馬も軍用犬も濡れそぼる

お目当ては一階ロビーの食堂だ
ゼロ戦や満鉄機関車などが
昔日の姿のままで展示されている
それらを目にしながら
海軍カレーを食べるのだ

小学生のころのヒーロー第一は海軍士官
隣の男子組《クラス》の担任が応召して
士官の正装で来校した
別人のようになった先生
腰の短剣がまぶしかった

その人も食べたであろう海軍カレー
運ばれた盆の上には由緒書
明治四十一年九月発刊の
「海軍割烹術参考書のレセピー」を
忠実に再現したとある
色もトロリとした具合も
子供のときのごちそうカレーそのままだ

角切りのじゃがいもとにんじん　福神漬
――心の歴史の旅――を味わったような

食べてみる　おいしい
素直に入ってくる味わい
なつかしい、だが……

ちがう　どこかがちがう

牛肉が入っている
銃後の民には縁のなかったもの
それがそこにはあった

駅伝

シベリアから復員して間もない父と二人
保土ヶ谷の伯父のところに年始まわりに出かけた
高台まで上り勾配の広い道
冬の陽ざしに白く光って見える

人気のない道を行くうち
突然うしろから人の気配
それも規則正しいリズムをきざんでくる
見ると白いシャツにたすき
「駅伝だ」

父がはしゃいだ声をあげた
そのままランナーに向けて声援しはじめる
初めて見る父の昂ぶりにつられてしまった

その学生が消えるとすぐ
二人目がやってきた
彼は足をひきずって
必死に前へ進もうとしている
中学生のわたしの目からも痛々しい
父はもっと大声で応援するだろう
しかし父は低く強い声で
叱りつけるように短い言葉をくり返していた

夕方　祝い膳にはいとこやわたし

子供の席もつくられていて嬉しかった
久々の兄弟のまどい
父ははやくも酔いを見せている
その父が突然
「お、勝ったぞ！」と声をあげる
「あいつ、だめかと思ったのになあ」

ラジオが箱根駅伝の結果を伝えている
あの二人のチームが逆転したようだ
父が見せた激しいまでの昂ぶりと
目の前をすぎていった選手たち

わたしはだれにも話さずにいた
ながいこと　ずっと

ひなどり

その朝、わたしは一人で道を急いでいた
二人の娘を祖母にあずけ
新宿行きの列車に乗るために

坂道をくだり
つり橋を渡りきったところで
橋のロープをつなぐ台石のうえに
白い小さなものがいるのが見えた

近寄ってみると

なんと　ふくろうのひながいるではないか
ふわふわとしてこの上なく愛らしく
じっとこちらを見ている
夜ふけて鳴く声を聞くことはあるが
姿を見ることなど思いもよらない
そうだ　引き返して娘たちを連れてこよう
どうしても見せてやりたい

だがそれはかなわぬこととわかっていた
このひなが一人でここにいるわけはない
何か強い力が親から引きはなしたのだ
見わたしてみたが近くにその気配はなかった

息をかけたりしないように

そっと後ずさりしてその場をはなれた
――人に見られたことを話すんじゃないよ

家に帰ってから
その奇跡のようなできごと、ひなの可愛さを
なんとしてでも伝えたくて話した
案の定娘たちは
「見たかったのに」などとはしゃいだ
だが祖母は
「そうかい」とだけ言って話からはなれた
話したりしてはいけないことだったか
ひなどりにも祖母にも「ごめん」と言った

夜ふかししたが親どりの声は聞けなかった

服装計画

きのうは厚着して出勤　汗をかいてしまった
今日は少し薄くしていこう

予報もだいぶ暖かそうだ
カーディガンにベスト
上衣も軽いものにした

一歩出てみたら意外に風が冷たい
しまった　と思ったが
表通りに出たら背に陽があたってきた

すこし救われた

ふとまわりを見る
わたしのようなひとえものの人はいない
コートにジャンパー
しっかり冬支度だ

一人シャツ姿の男性とすれちがう
極端な　と思ったが
腕にはジャンパーが

急に帰りが心配になってきた
職場のロッカーに何か入れてあったかしら

マイファッション！
大はずれの一日

孫一同

本家の長老　母方の曽祖父が亡くなった
鉄道に長く勤め　長男が後を継いでいる
葬儀は盛大だった

門のそばに子供たちも一列に
年の近い勝叔父が手を引いて最後尾へ
祭壇には大叔父の描いた油彩の肖像画も
左右にたくさんの盛花
中に「孫一同」というのがある
わたしは曽孫　ひこだ

どうしてひこ一同はないの
ひこはお前一人、だから一同になれないの
孫の中に入っているから大丈夫、と叔父がいう

本当はもう一人いるよ
幼くして流行り病で亡くなったそうだ
祖母がおまえを見せたくないよと言った
その子　いま思い出す人もいないだろう
同い年のまたいとこ
今朝のお茶禱にその名を加えた

詩集『おさと帰り』を読む

中原道夫

『おさと帰り』とは、なんと懐かしい言葉だろう。街中《まちなか》に育った私には、もちろん故里もなければ、帰るという「家」もない。家には、言葉では言い尽くせない家族の営みや温もりが残されているものだが、私たちの暮らしている住居は、「家」ではなく利便性の上に成り立つ「住まい」なのだ。快適で、便利がよければそれでいいというものだ。

この『おさと帰り』は、著者の少女時代の思い出を三章に分け書かれたものだが、繙いているうちに、読者はきっと、知らず知らずのうちに、少女（著者）と同じ「おさと帰り」の世界の虜になってしまうだろう。それは、「おさと」には、人間誰しもが持っている懐かしい自分が生きていて、それが共鳴するのだろう。

それがもうもどってこないと知ったとき
初めて味わうような思いが
胸いっぱいになってきた
この思いはなんなのだろう

だれかの背にじっとしがみついたまま
その思いにひたっていたわたし

母の死を知らされるのは
そのあとのことである

（「くつした止め」）

母親の記憶はほとんどないという著者が二歳の時、母は、結核療養所に入り、そのままそこを出ることのなかったという。その母にいちど会ったことがあるそうだ。その時、大切にしていた靴下止めをどこかに落としてしまったのだ。見つからない靴下止め。そしてそれが「もうもどってこない」と知ったとき、「初めて味わう胸いっぱいの思い」として「母の死」

を察知したのだろう。

「汽車がトンネルにさしかかると／「ここにお母ちゃんが眠っているのだよ」と／祖父は手を合わせる／わたしもまねをする」

「おさと帰り」は心の中に生きている母をたずねる旅でもあったのだ。

あの爆撃のさなか
前の道を走って逃げて行く人たち
突然、中の一人が駆け込んできた
「助けてください！」
抱いた赤ん坊が　すっぱだか
祖母が首の手ぬぐいをはずし
持ち出し袋をさがす
わたしは二人が赤ん坊をつつむのを
はらはらしながら見ていた

――うちはだいじょうぶだったの？

男の子?　何か月?
二人の話をききながら
きれいに洗ってある祖母手づくりの上衣
抱きしめると赤ん坊のにおいがした
（「赤ん坊」）

作品「赤ん坊」の後半の部分だが、突然の空襲で、はだかの赤ん坊に祖母が、手づくりのわたしの普段着を着せてやった時の情景である。祖母は、わたしの母親代わりの祖母であるとともに、「おさと」そのものの祖母でもあったのだ。

この詩集は著者の戦中、そして戦後の体験、思い出を綴ったものだが、著者は敗戦、そして戦後への思いを、家族同様の馬に託して、このように表している。

「生まれて初めて／あしたという日のことを思った／土間の目の前のうまやに／農耕馬にもどった必勝号／独り戦後の草を食っている／わたしの戦後が始まったばかりだというのに」

馬も軍馬から、かつての「おさと」の馬に帰っていたのだ。

あとがき

永く携わっていた仕事を失って一つの目標をなくしていた時、大きな光となって私を救ってくれたもの、それが、埼玉文学館主催の、中原道夫先生の五回にわたる現代詩の講座だった。このときの受講生有志で、「せっかくだから、詩の勉強会をしよう」という話がもち上がり誕生したのが、『時の鐘ポエムの会』である。もちろん講師は中原先生。

私の辞めることになった仕事は、盲人の読書を助けるものであったが、録音のデジタル化が失職の理由。私はそれに抗うように、「紙とペン」のとりこになった。怖いもの知らずに、書き綴った言葉たち。その中には、これまでの私を慈しんでくれたたくさんの人、たくさんの出来事、そして、抗うすべなく過ごしてきた激しい時の流れ。紡ぎ出す言葉の中に生きている私。こうして月に一度の例会は、私の生活の主軸となっていった。「あなたの過ごした時間は、あなただけのものではないよ。一冊にまとめたら?」という中原先生のお薦めと、詩の会の仲間の後押しによって生まれたのが、この『おさと帰り』である。

いま、この本を手にして読んで下さった方々に感謝申しあげます。ご多忙にもかかわらず、解説までお書きくださいました中原道夫先生に心からお礼を申し上げます。

最後になりますが、この詩集の上梓に際し、いろいろとお世話になりました土曜美術社出版販売高木祐子社主、素敵な装丁をしてくださったデザイナーの木下芽映様には感謝の気持ちでいっぱいです。

二〇二一年七月

藤本かずみ

著者略歴

藤本かずみ（ふじもと・かずみ）

1936 年　山梨県大月市猿橋町生まれ

所属　「時の鐘ポエムの会」

現住所　〒356-0004　埼玉県ふじみ野市上福岡 3-7-2-109

詩集 おさと帰《がえ》り

発　行　二〇二一年九月三十日

著　者　藤本かずみ

装　丁　木下芽映

発行者　高木祐子

発行所　土曜美術社出版販売

〒162-0813　東京都新宿区東五軒町三―一〇

電　話　〇三―五二二九―〇七三〇

ＦＡＸ　〇三―五二二九―〇七三二

振　替　〇〇一六〇―九―七五六九〇九

印刷・製本　モリモト印刷

ISBN978-4-8120-2644-1　C0092